ガンジー、キング牧師、マンデラ、ジョン・F・ケネディ、レイチェル・カーソン、ターシャ・テューダー、アーネスト・シートン、ジョン・ミューア、ゲーリー・スナイダー、トルストイ、オルコット、フランク・ロイド・ライトなど——ソローの言葉は、なぜ、こんなにも多くの人たちを動かしたのか。

【凡例】

◎抜粋したソローの文章の末尾の『　』内に、出典となるソローの著作の邦訳書名を示しました。邦訳書が複数あり、書名が異なる場合は、一般的に浸透している書名と思われるものを採用しました。ソローが遺した膨大な日記および知人等に宛てた書簡から引用したものについては、『日記』あるいは『×××への手紙』と表記し、併せて記された年月日を示しました。

◎出典とした原書については、巻末の「引用文献」をご参照ください。

◎また、その他のソローの邦訳書を、巻末の「ヘンリー・デイヴィッド・ソロー著作邦訳書誌」に収録しました。

目次

◎装幀＝佐々木暁

ソロー語録

ヘンリー・デイヴィッド・ソロー

岩政伸治＝編訳

自然

僕が森に行ったのは、思慮深く生き、人生でもっとも大事なことだけに向き合い、人生が僕に教えようとするものを僕が学びとれるかどうか、また死に臨んだときに、自分が本当に生きたと言えるのかどうかを、確かめるためだった。

——『森の生活』

この世界は、僕らが心のキャンバスに描いた絵そのものだ。——『コンコード川とメリマック川の一週間』

もし自然の秘密を知りたければ、誰よりも人間らしく振る舞わなければならな

い。――『日記』一八五五年一〇月二三日

自然は僕らの強さと、そして、弱さともなじんでくれる。――『森の生活』

美しい線は、必ず弧を描いている。――「ザ・サービス」

外の世界が荒涼としていればいるほど、必ずといっていいほどわくわくしてくる。海や砂漠、手つかずの自然が僕には必要だ。砂漠には、湿気と肥沃さはないが、澄んだ空気と孤独がある。――『ウォーキング』

ほとんどすべての人が人間社会には魅力を感じているが、自然に強い魅力を感じている人はあまりいない。人には技術があっても、自然とのつきあい方では、だいたいにおいて動物に劣る。——『ウォーキング』

太陽も、夜明けのひとつの星に過ぎない。——『森の生活』

人が眠りにつき、一日が忘れ去られようとするとき、月明かりが人気のない牧草地を美しく照らしている。そこでは、ただウシたちが静かに草を食《は》んでいる。

——『日記』一八五一年六月十四日

僕の経験では、もっとも親身で優しく、純粋無垢で力になってくれるような友人は、自然のなかにはいくらでもいる。それは、哀れな人間嫌いの人や、やたらとふさぎこんでいる人にとっても同じことだ。自然の中に住み、自分の感覚をもち続けていれば、先の見えない憂鬱などありえない。——『森の生活』

僕らへのもっとも素晴らしい祝福は、ただ同然なのだ。太陽の光という恵みを手に入れるのに、僕らは金も払わず、税金も課せられない。——「トーマス・カーライルとその作品」

絶望や精神的迫害、政治的独裁、隷属といった教義は、人々が自然の穏やかさを共有していれば存在しないだろう。——『マサチューセッツ博物誌』

人は、完璧な自然観察者にはなれない。自然を直接見ても、自分の側からしか見ないからだ。人は自然を通して、その向こうにあるものを見なければならない。自然そのものを見ることは、メデューサの顔を見るくらいに命とりとなる。それは科学者を石に変えてしまうだろう。——『日記』一八五三年三月二三日自然というものは、もうこれで十分ということはない。――『森の生活』

人が暮らす平地と違い、山では実体のある思考と明確な理解があまりできなくなる。理性が撹乱されてあいまいになり、空気のように薄く、とらえがたいものとなるのだ。巨大で無愛想な自然は、人を不利な状況に追い込み、孤立させ、神聖な能力をいくらかくすねてしまう。自然は、平地でのようには人にほほえまない。――『メインの森』

地上に何も目新しいものがないとしても、それでも旅人は決まって空を見上げてその源泉を見つける。空は絶え間なく、新しい景色のページを開いてくれる。

――『コンコード川とメリマック川の一週間』

地球は本のページのように、地理学者や古代研究家によって明かされる死んだ歴史の断片ではなく、木の葉のような生きた詩である。地球は花や果実より先に在り、化石ではなく、生き物なのだ。その偉大な生命の中心からみれば、動物や植物はみな単なる寄生者だ。——『森の生活』

湖は、風景がもつもっとも美しく表情豊かな特徴を備えている。それは大地がもつ目だ。そこをのぞき込む者は自分の本性の深さを推し量ることになる。水辺にふさわしい木々は、湖を縁どるまつげであり、その周辺の木々の生い茂る丘や崖は、その上にかかる眉毛である。——『森の生活』

大地にしがみついていてもどうにもならない。どうしてもっと山登りをしないのだろう。僕らはもう少し高いところに登るべきだ。せめて木に登るぐらいは。

——『ウォーキング』

人間がいまだ空を飛ぶことができず、大地のようには空を荒らしていないことに感謝しよう。——『日記』一八六一年一月三日

自然の声を聞くには、人間である自分をいったん葬ることからはじめなければならない。浅はかな考えは、世界すべてに通ずる道を封じてしまう。——『生き方の原則』

石をもっとも巧みに扱うのは、銅や鉄でできた工具ではなく、時間に左右されず気ままに働く空気や水のやわらかな接触である。——『コンコード川とメリマック川の一週間』

庭師はたとえどこに行こうと庭師のつくった人工的な庭しか見ることができない。だが大地の美しさは、人の要求と賞賛に正確に応えてくれる。――『日記』一八五八年十一月二日

人は道に迷ってはじめて自然の広大さ、神秘さを評価することができるようになる。いや、くるりと向きを変えるだけでもいい。というのは、人が迷子になるためには、目を閉じて振り返ってみるだけでいいからだ。――『森の生活』

山の唯一の道は、自然がつくったものであり、いくつかの野営地以外は何もない。そこでは、組織や社会に文句を言ってもはじまらず、本当の悪の根源と向き合わなければならない。――『メインの森』

季節

穏やかな雨の中、ふいにこんな思いにとらわれた。自然の中に、繰り返す雨音の中に、家の周りの音の中に、そしてひとつひとつの景色の中に、優しく思いやりのある友がいて、大気のようにとめどなく僕を包みこむ、何とも言えない親密さがあることに気づいたのだ。すると、隣人がいれば都合がいいという考えはどうでもよくなり、それ以来、そんなことは思いもしなくなった。——『森の生活』

気持ちのよい春の朝には、すべての人間が持つ罪は許されている。——『森の生活』

どんな時代のどんな様式美にもまさる自然が、いま物思いに沈みながら、秋という詩を詠《うた》っている。いまだかつて、この詩に比するものを書いた者はない。

――『コンコード川とメリマック川の一週間』

あらゆる画家をはじめ、布や紙の製造者、壁紙の着色工、その他もろもろ人々の色彩感覚が、秋の彩りによってどれだけ鍛えられていることか！　文房具屋に行けば色とりどりの封筒が並んでいるかもしれないが、それでも、たった一本の木に繁る葉の色合いほど多彩ではない。

――『秋の色合い』

落ち葉の季節は、地面が、足を踏み入れるのも楽しい墓地に変わる。僕はこの落ち葉の墓地を散策し、思いをはせるのが好きだ。ここには偽りや、虚栄の碑文などない。

――『秋の色合い』

傘や屋根、木々の葉に当たる暖かい雨音を聞くのは気持ちがいいものだ。外をゆっくりと歩けば、甲羅に守られた亀のような安らぎを感じる。——『日記』一八五三年四月四日

リスが夏の間、冬のために木の実などをたくわえるように、僕らは冬の晩の語らいに備えて経験を積み重ねる。——『日記』一八五一年九月四日

朝が早ければ早いほど、より神聖で、まだ俗にまみれていない輝かしい時間があることを信じない人間は、人生に絶望し、下り坂の暗い道を歩んでいるのだ。——『森の生活』

季節とは、時間の流れの中の一瞬にすぎない。来たと思ったらもうすでに過ぎ

去っている。持続などしないのだ。僕の思索に音色と色合いを残して。――『日記』一八五七年六月六日

海と川

水こそが賢明な人間にとって唯一の飲み物だと僕は思う。――『森の生活』

海は地球を覆う手つかずの自然である。ベンガル湾のジャングルより野生的で、怪物たちを育み、都市の波止場や海沿いの家の庭を洗い流す。ヘビ、クマ、ハイエナ、トラは文明の発展とともにあっという間にいなくなってしまった。だが、最も人口の多い文明化した都市でさえ、波止場から離れたサメを脅《おびや》かすことはできないのだ。――『コッド岬』

天気雨と波しぶきの中、はてしない浜辺をゆっくり歩いていると、僕らも海底の泥から誕生したのだという思いが脳裏をよぎった。――『コッド岬』

海辺から戻ると、どうして海を見るのにもっと時間をかけなかったかと自問することがあるものだ。だがじきに、旅人は空同様に海を見なくなる。――『コッド岬』

人間と動物の死骸が、厳かに磯に横たわり、太陽と波に洗われ、朽ちて漂白されている。そして潮の満《み》ち干《ひ》によって、うつぶせになったり仰向けになったりしている。そのたびに海は新しい砂のシーツを用意するのだ。そこにあるのは、ただむき出しの自然である。あくまで非人間的に、人間を一顧だにせず、カモメが波しぶきの合間を旋回する切り立った海岸線を浸食する自然である。――『コッド岬』

時代によって川は蛇行の軌跡を変え、それは川自体のおさまりがよくなるまで続く。時間は陳腐なものであり、さほど重要ではないのだ。川の流れが変わったのがある地質学的時代の長さだとか、ウナギが体をくねらせたのが一瞬だったとかは、どうでもいいことだ。――『日記』一八五五年三月二四日

木々の樹液がしたたり始めたいま、大地の樹液である川はあふれかえる。そして氷の呪縛を解き放つ。――『日記』一八五三年三月八日

水こそは開拓者である。定住者は水に続き、水の開拓に便乗しているのだ。
――『メインの森』

いったん沿岸で荒れくるうと、頑丈に造られた船をも大破させてしまう海が、

その反面、ウミクラゲや藻のような柔らかい生き物をその懐に抱いている。いったいどんな法則が働いているのだろうか。——『コッド岬』

僕はことあるごとにギリシャ語を引用する。ギリシャ語は海の音のように美しく響くからだ。——『コッド岬』

生き物

僕は、他の動物を殺すことに反対するのと同じ理由で、ヘビを殺すことに反対する。とはいえ、僕が知っている最も優しい男でさえ、ヘビを殺すときには、容赦はしない。――『日記』一八五七年四月二六日

僕はヘビ類の動きに特に魅せられる。ヘビを見ると、僕らの手足や、鳥の翼、そして魚のひれなんか無用の長物に思えてくる。まるで自然の女神が気まぐれにそれらをくっつけたようだ。――『マサチューセッツ博物誌』

生きとし生けるものが奏でる音楽は、すべて愛に関係している。カエルでさえ

も。はたして人間は違うのだろうか。――『日記』一八五二年五月六日

すべての生き物は、死んでいるよりは生きているほうがよい。人もヘラジカも、マツだってそうだ。そしてその事実を正しく理解する者は、その命を殺《あや》めるのではなく、むしろ守ろうとするだろう。――『メインの森』

新しい一年には必ず驚きが待っている。鳥たちのそれぞれの鳴き方なんて、すっかり忘れてしまっているはずなのに、その声を再び耳にすれば、まるで昔見た夢のようにその姿とともによみがえってくる。――『日記』一八五八年三月十八日

フクロウが鳴いている！　先住民がここで千年以上も前に耳にした声だ。その鳴き声は遠く広く響き渡り、空間を支配するのにふさわしい。威厳のある、原

始からの大地に根づいた響きだ。――『日記』一八五六年十二月十五日

僕はフクロウの存在をうれしく思う。人間にとっては愚かで狂気じみた声でも、存分に鳴かせておこう。沼地や日の名残りのない夕暮れの森にふさわしい鳴き声で、まだ僕たちの知らない、広大で未開のままの自然があることを気づかせてくれる。――『森の生活』

木と植物

僕がヤナギのようにずっとご機嫌でいられますように！　その不屈の生命！　その柔軟さ！　傷ついてもたちどころに回復する！　ヤナギは決して希望を失わないのだ。――『日記』一八五六年二月十四日

木が死ぬ場所で起きることとは、人間が死ぬ場所でも起きる。上を向いた遺物としての切り株だったものが、やがて盛り土になり、ついにその体が朽ちて小さくなり、そして窪地となるのだ。――『日記』一八六〇年一〇月二〇日

風に揺れるハンノキやポプラの葉への深い感動から、ほとんど息が詰まりそう

になる。――『森の生活』

いうまでもなく、モモの実は美しく、美味しい。しかし、自分用にハックルベリーを収穫する楽しみに比べたら、市場で売るために収穫されたモモにはほとんど興味などわかない。――『野生の果実』

摘みにいったこともないのに、ハックルベリーを味わったことがあるというのは勘違いもはなはだしい。ハックルベリーがボストンにまで届けられることはない。かつてボストンにある三つの丘に生えていた頃から、ハックルベリーはボストンでは知られることはなかった。その果実の香りと本質は、粉をふいたその表面が擦れあってつるつるになるにつれ、市場に向かう途中で失われ、単なる食物になり下がる。――『森の生活』

熱帯の果物は、熱帯に住む人々のものである。最も魅力的で美味しい部分は決して輸入されることはない。――『野生の果実』

植物は、その本来の性質に従って育つことができなければ死んでしまう。人間も同じだ。――『一市民の反抗』

先日たまたま白いスイレンを手に入れた。待ちかねた季節がやってきたのだ。スイレンは純粋さの象徴である。清く咲き誇る様子は美しく目に映り、甘い香りを漂わせている。いったいどれだけの純粋さや香《かぐわ》しさを備えているのか、そしてどうやって泥や粘土から生えているのかを、僕らに見せつけているかのようだ。――「マサチューセッツ州における奴隷制度」

僕は自分の精神的知覚を、味覚という一般的には繊細でないと思われている感覚のおかげで得ている。味覚を通じて霊感を受け、山の斜面で食べた野生の果実が僕の精神を養っていると考えるだけで、ぞくぞくするような興奮を覚えた。

——『森の生活』

歩く

人によってそれぞれ歩むペースが違うのは、みんな違った太鼓のリズムを聞いているからだ。自分の耳に響く行進のリズムに合わせて歩もう。それがどんな拍子であっても、どんなに遠くとも。――『森の生活』

たとえどんなに短い散歩でも、不屈の冒険心をもち、二度と帰らぬつもりで、落ちぶれたこの国に防腐処理をした心臓を形見として送り返す準備までして出かけるべきだ。親、兄弟、妻子に別れを告げ、二度と会わない心構えができたら負債を払い、遺書を書き、やりかけの用事をすませ、自由の身になって、ようやく散歩に出かけられるのだ。――『ウォーキング』

人は人生のたそがれとともに、夕方から活動するようになり、ついには日暮れ前にようやく外に出て、ものの三〇分足らずで散歩を終えてしまう。――『ウォーキング』

ウォーキング、つまり散歩という芸術を理解する人間には、生まれてこのかた、一人か二人しか会ったことがない。彼らはいわば散歩にかけては天才だった。――『ウォーキング』

どちらに歩こうか決めるのに迷うとは、どうしたことだろう。自然界には微力な磁気があり、もし僕らが無意識に歩みをまかせれば、正しい方向に導いてくれるはずだ。どの方向に歩くかが僕らにとって重要なのだ。正しい道があるのに、不注意や愚かさのせいで、人は間違った道を選びがちである。――『ウォーキング』

野性

野性のなかにこそ世界がある。——『ウォーキング』

人の手に負えないものはすべて野性的である。この意味において、独創的で独立心の強い人は野性的だ。というのは、彼らは社会によって飼い慣らされたり、屈服させられたりしていないからだ。——『日記』一八五一年九月三日

僕は野性を切望する。それは僕が足を踏み入れることのできない自然であり、モリツグミがとこしえに鳴き続ける森であり、早朝、草木が露で濡れている時間であり、決して繰り返されることのない一日であり、そして、そこでは僕は

新参者の一人にすぎない。——『日記』一八五三年六月二二日

僕らには、野性という気つけ薬が必要だ。——『森の生活』

陽の光を浴び、風に吹かれながら生活のほとんどを戸外で過ごしていると、間違いなく性格がある種の荒さを帯びてくるはずだ。僕らの繊細な本性に、顔や手がそうなるように、厚い表皮が形成される。それはちょうど厳しい手作業で手の触感の繊細さが奪われてしまうかのようだ。一方、家にいると、ある印象についての感受性が増すにつれて、皮膚が薄くなるばかりでなく、柔らかさやなめらかさが生まれてくる。——『ウォーキング』

なんて遠い場所まで、人は自分の家の材料を求めるのだろう。最も文明の発達

した都市の住人は、いつの時代であれ文明の境界を越え、日用のマツ材を求めて原始の森にまで踏みこむ。そこではヘラジカ、クマ、そして先住民が生活を営んでいるというのに。しかしその一方で、先住民たちは、町から鉄の矢尻、斧、銃を受けとり、その野性を研ぎ澄ましている。――『メインの森』

インディアンの気質は白人のそれとは対極にある。彼は自然のもうひとつの側面に精通している。彼は自分の一生を夏ではなく冬で測る。彼の一年は、太陽ではなく月の満ち欠けの数で成り立っている。そしてその月は、昼ではなく夜で決められる。彼は、白人が自然の明るい側面を把握しているのに対し、自然の影の側面を把握している。――『日記』一八五二年一〇月二五日

愉快なことに、ウシやウマを家畜にする前には、彼らを飼い慣らさなければな

らない。人も社会に仲間入りする前は、野性の片鱗をのぞかせている。誰もが同じように文明に適応するわけではないことは明らかだ。たいていの人間が、ヒツジやイヌのようにその遺伝的習性が従順だからといって、それ以外の人間まで彼らと同じレベルまで野性を飼い慣らされなければならない理由などない。

――『ウォーキング』

遠く離れた野性に思いを馳せても、むなしいだけだ。――『日記』一八五六年八月三〇日

ベン・ジョンソン*は、「美しいものは善に近い」と言った。僕ならこう言うだろう。「野性なるものは善に近い」。――『ウォーキング』

*十七世紀英国の詩人。形式が乱れずに整然としている様に、美と理想をみる古典主義的な考えがこの一節には反映されている。

僕は大地がすっかり開墾されてしまうのを望まない。人の野性も、それが全体であれ一部であれ、すべて文明化されてしまうのを望まない。——『ウォーキング』

僕はときどき野生のなかへ出かければならないと思うことがある。そこで人生を楽しむよりよい機会を持つことができる。家を建てるのによりふさわしい材料を見つけられるし、森で薪を集める喜びを味わうこともできる。僕は肉を扱ったり、農業をしたり、大工をしたり、工場で働いたり、木材市場に出向いたりするよりも、猟や釣り、インディアン風の小屋作りや革の服作り、それに、薪を集めるといった野性的な趣味に興味がある。——『日記』一八五五年一〇月二六日

社会

何も変わりはしない、変わるのは僕らだ。──『森の生活』

人を不正に投獄する政府の下では、正しい人間にとってふさわしい場所もまた牢獄だ。──『一市民の反抗』

奴隷制について言えば、それは南部に特有の制度ではない。人が買われたり売られたりする場所であれば、また人が自分を単なるものや道具にされることを許し、奪うことのできない理性と良心という権利を放棄する場所であれば、どこでも奴隷制は存在するのだ。本当に、この奴隷制は体のみを奴隷にするそれ

よりもずっとよくできている。——『日記』一八六〇年十二月四日

かつて良心的で勇敢な人々が多数派となったことがあっただろうか。——「ジョン・ブラウン大尉を弁護して」

人が集団からこうやれとか、ああやれとか強いられるなんて聞いたことがない。いったいどんな人生を生きろというのか。——『一市民の反抗』

僕は豆畑から森へ抜け出すように、政治というものから抜け出す。そしてそんなことはすっかり忘れてしまう。三〇分も歩けば、人が年に一度も足を踏み入れず、それゆえ政治も存在しない地上のある場所に辿り着く。人気のないところに、政治という煙は立たないからだ。——『ウォーキング』

政府とは、人がそれによってお互い自由でいられるためのある一時しのぎの方策である。――『一市民の反抗』

もし僕が道理にはずれておぼれている人から板を奪ったとしたら、自分がおぼれていたとしてもそれを彼に返さなければならない。自分の命だけを救おうとする者は、むしろそれを失うことになるだろう。――『一市民の反抗』

人が衣服を脱がされたあとで、どこまで自分の地位を保てるかというのは興味深い問題である。――『森の生活』

権力がいったん民衆のものとなったとき、多数派が長期にわたって支配することが認められてしまうという単純な理由は、多数派がもっとも正しく見えるからではなく、少数派にもっとも公平に見えるからでもなく、彼らが単に数において勝っているからである。――『一市民の反抗』

国家がすべての人々に対して公正であり、個人一人ひとりを隣人として尊敬をもって扱うようになる日を、僕は夢見る。――『一市民の反抗』

国の運命は、選挙で誰に投票するかで決まるのではない。選挙では最悪の人間が勝つか、最良の人間が勝つかはわからないからだ。つまり年に一度、どんな紙を投票箱に投じるかではなく、毎朝どんな人間を自分の寝室から通りに送り出すかにかかっているのだ。――「マサチューセッツ州における奴隷制度」

支配というものは可能な限り最小限に留めるべきである。――『日記』一八五七年七月二二日愚かな社会にはもううんざりだ。そこでは沈黙こそが、永遠に自然で最良のマナーである。僕は水の深みを歩くことを好むが、仲間たちは浅瀬や水たまりを歩くのがせいぜいだ。——『日記』一八五五年六月十一日

人が成功とみなし賞賛する人生はそのほんの一例でしかない。他の生き方を犠牲にしてまでその一例にこだわる必要などあるだろうか。——『森の生活』

僕らの敵は自分の内側、そして周りにいる。分裂しない家は滅多にない。というのは僕らの敵は、一般的に頭と心が凝り固まったり、活力が欠乏したりすることであり、それは日常の悪癖の結果である。そこから恐怖、迷信、頑迷、迫害、それからあらゆるたぐいの奴隷制が生じている。——「ジョン・ブラウン大尉を弁護して」

孔子曰く、「なめされてしまえばトラの皮であれ、ヒョウの皮であれ、イヌやヒツジの皮と大差はない」。とはいえ、トラを飼い慣らすのはヒツジを凶暴にさせるのと同様に、文化のあるべき姿ではないだろうし、彼らの皮を靴用になめすのも、決して最良の使い方ではない。——『ウォーキング』

パリでボスザルが旅行用の帽子を身につければ、アメリカのサルたちがみんなまねをする。——『森の生活』

僕が同郷の者におぼえていてほしいのは、人はまず人間であるべきで、その次に、都合のいいときにのみアメリカ人であるべきだということである。あなた方の財産を守り、心身を維持するために、どんなに法律というものが価値があろうと、それはあなた方とあなた方の人間性を同時に守ってくれることはない。

――「マサチューセッツ州における奴隷制度」

どんな馬鹿でもルールはつくれるし、どんな馬鹿でもそれを気にするだろう。

――『日記』一八六〇年二月三日

僕らの家はあまりに住みにくくつくられているので、そこに住むというよりはむしろ投獄されているようなものだ。――『森の生活』

もしその不正が政府という仕組みが持つ不可欠な摩擦の一部だとしたら、そのままにしておこう。その仕組みは研磨され、ついにはすり減ってなくなるだろうから。――『一市民の反抗』

ある国で切り出す石のほとんどは、その国の墓石にしかならない。国が自らを生き埋めにしているのだ。ピラミッドについては、ある欲の深い間抜けの墓を建てるために一生を費やす大勢の貧しい人間がいること以上に、何も驚くことはない。そんな間抜けはナイル川でおぼれさせるか、イヌに食わせてやる方がよっぽど賢明で男らしい。――『森の生活』

労働

お金のために働く人ではなく、その仕事を愛している人を雇うべきだ。――『生き方の原則』

勤勉なだけでは十分とはいえない。そんなことはアリだってやっている。問題は、何について勤勉であるかだ。――「ハリソン・ブレイクへの手紙」一八五七年十一月十六日

僕はある男が自分でヴィオル*を作っているのを見たことがある。彼は辛抱強く、また嬉々として薄い木を削り、形を整えていった。ヴィオルが完成するのを見るのは素晴らしい経験だった。彼の行為は、自分の船をつくり、その船で新し

い世界にこぎ出すにひとしい。――『日記』一八五〇年九月十九日

＊ヴァイオリンに似た楽器。

人が労働にいそしむのは、何か誤解しているのだ。――『森の生活』

比較的自由な国においても、ただ無知や誤解から、人はたいていつまらない心配事やとるに足らない労働に振り回される人生を送っている。人生の上質な実りは彼らの手で摘みとられることはないのだ。――『森の生活』

木こりは、仕事をうまくやろうと努力することで、いい木こりになるだけでなく、人間性も適度に磨かれる。――「ハリソン・ブレイクへの手紙」一八五三年十二月十九日

他人

自分のものより優れた資質を他人に見いだすことは、僕らを無限に豊かにする。

――『日記』一八五九年一〇月二一日

僕らは愚かにも人が語る信条を、その人が実際にどんな人間かよりも重要だと考えがちである。――『日記』一八五六年十二月一日

ほんの一瞬でも、お互いの立場から世界を見ることができれば奇跡が起こるだろう。――『森の生活』

人の心は仕事とお金に向きやすいので、多くの人は文筆業と聞けばすぐにその報酬の額に興味を示す。彼らは要するに、講演者や作者が仕事でどれだけ稼ぐか知りたがるのだ。——『日記』一八五九年四月三日

人との交流において悲劇的なことは、言葉が誤解されたときではなく、沈黙が理解されないときだ。——『コンコード川とメリマック川の一週間』

もし間違ったことをしている人を納得させたいなら、正しいことを行いなさい。人は自分が見たものを信じるのだから。——「ハリソン・ブレイクへの手紙」一八四八年三月二七日

僕らの愛する人は、たいてい嫌いな人とも関わりがあり、絡み合っているゆえ

に、悲しんだり、落ち込んだりする。そして離れていることよりも、会うことで、かえってお互いが疎遠になってしまう。

――『日記』一八五〇年十一月二四日

貧富

富める者はあわれだ。彼の所有するものはお金で手に入れたもののみ。僕の場合、目に入るものは何だって自分のものだ。——『コンコード川とメリマック川の一週間』

本当の豊かさを楽しむことのできる貧しさを与えてほしい。——『森の生活』

貧しくとも精神的に気高く生きていれば、失うものは何もない。あり余った富で買えるのは、余分なものだけだ。——『森の生活』

僕は申し分のない錬金術師を雇っている。彼らが際限なく魔法をかけるので、庭の片隅にある菜園は、おかげで尽きることのない宝の箱だ。ここで掘り当てるのは、金ではなく本当の価値だ。金はその代わりでしかない。とはいっても、その魔法に呪文があるわけではない。それでも、農家の息子たちは、ないはずの呪文ばかりにうつつを抜かしている。間違いなく、人間は光よりも闇《やみ》のほうが好きなのだ。

――「森林樹の遷移」

宗教

森とその静寂や暗闇を恐れる人に、いったい何ができるだろう。手のさしのべようがない。神は沈黙を守り、神秘につつまれているものだ。——『日記』一八五〇年十一月十六日

人は宗教に科学を見るよりも、科学に宗教を見る機会が多いものだ。——『コンコード川とメリマック川の一週間』

博愛主義ではなく、人種差別が横行する国は、もはやキリスト教国ではない。——『日記』一八五一年九月二五日

新約聖書は、その純粋な倫理性において特筆すべきものがある。その一方で、ヒンドゥーの教えで最上のものは、その純粋な知性において、やはり特筆すべきものがあるのだ。――『コンコード川とメリマック川の一週間』

人は、キリスト降臨後、アダム以前の遠く離れた太陽系の外れにあるさいはての星の背後にひそむ真実を高く評価する。永遠の中に真実と崇高なものがあるのは確かだが、そうした時間や、場所、機会はすべていま、ここにあるのだ。神自身が現在においてもっとも絶頂を極め、過去から未来にわたってそれ以上神聖であることはない。僕らが崇高で気高いものを理解できるのは、僕らを取り囲む現実を知ることによってのみである。――『森の生活』

一日のうちに、ぞくぞくして目を見張るような神聖な事物を目にすれば、それだけ僕の心は晴れわたり、永遠の存在となる。

――『日記』一八五六年八月三〇日

生きる

友人のために僕ができることは、ただ彼の友達でいることである。――『日記』一八四一年二月七日

思い込みを正すのに、遅すぎることはない。――『森の生活』

木々の上に家の屋根だけが見え、誰の家かもわからないとき、僕はふと考えた。世界でもっとも価値のあるもののひとつは、見えないところにある。しばらくのあいだ、そんな思いで胸がいっぱいになった。――『日記』一八五九年一〇月三日

恐怖は危険を呼び込む。そしてその恐怖を追い払うのは勇気だ。——『日記』

一八五九年十一月十二日

書物に書かれた言葉をそのとおりに話せても、十分とはいえない。というのは話される言葉と書かれる言葉、耳にする言葉と読まれる言葉のあいだには、注目すべき隔たりがあるからだ。——『森の生活』

人生は川のように絶えず新鮮である。川の流れ自体は同じだが、つねに新しい水が注ぎ込んでいる。——『コンコード川とメリマック川の一週間』

僕は少なくとも、自分の経験から次のことを学んだ。もし人が自信をもって夢の方向へ一歩踏み出せば、そして思い描いたとおりの人生を送るよう努力するなら、思いもよらぬ成功を手にするだろう。——『森の生活』

死ぬことは、生きることと同様に、事故ではなく、法則として見れば美しい。死は生きることと同様にありふれたことなのである。——「エマソンへの手紙」一八四二年三月十一日

多くの人々が、どうせ死ぬんだとか、なんのつもりか知らないが、もう死んだようなものだ、とかあえて口にする。馬鹿な話だ。死ねるものならご自由に。いったい死ぬに値する人生を送ったというのだろうか。——「ジョン・ブラウン大尉を弁護して」

世界は原則に基づいている。——「ハリソン・ブレイクへの手紙」一八五四年十二月十九日

ほとんどの人が静かなる絶望の毎日を送っている。諦念とは、絶望の確認にほかならない。――『森の生活』

問題は、旅人がどこへ行ったのかではない。彼がどこを見たかでもない。場所を選ぶのは難しいものだ。問題は、誰が旅人かと言うことだ。彼がどんな本物の経験をしたかが重要なのだ。それはちょうど、家にいるとしたら、どのように生活し、どのように家で振る舞うかが重要であるのと同じである。――『日記』

一八五二年一月十一日

家から戸外までの距離はなんて遠いのだろう。天と自分をわかつもののない戸外で、もっと昼と夜を過ごすことができたら、もし詩人が家の中ばかりで語らなくなったら、聖人が戸外で長く過ごせるようになったら、それはどんなにいいことだろう。鳥は洞窟では歌わず、ハトは鳩舎では無垢のままではいられない。——『森の生活』

努力から知恵と純粋さが生まれ、怠惰から無知と欲望が生まれる。——『森の生活』

どんな人でも浅はかな少年時代を終えてしまうと、人間と同じ「生きる」という権利をもっている生き物を殺したりしなくなるものだ。ウサギも身の危険にさらされると、子どものように泣き叫ぶ。母親たちよ、僕の思いやりは一般の博愛主義者のように、人間だけが特別だとは考えていない。——『森の生活』

目をくらます光は僕らには闇《やみ》でしかない。僕らが目覚めている時にのみ夜は明けるのだ。——『森の生活』

たとえどんなに狭く、曲がりくねっていても、愛と尊敬の道を行くことだ。

――『日記』一八五五年一〇月十八日

美徳と悪徳のあいだには一瞬の休戦もない。善は決して失敗することのない唯一の投資である。――『森の生活』

未来や可能性への展望において、僕らは、あらかじめゆとりを持って、決めつけずに生活をし、できるだけ線引きは曖昧にしておくべきである。――『森の生活』

最初の夏は本を読まなかった。豆畑の草取りをしたからだ。いやそれよりも、もっといいことをたびたびしたのだ。それが頭を使うものであれ、手を使うものであれ、仕事のために、花が開く瞬間を見逃すことができなかった。僕は自分の人生に余白を持たせておきたいのだ。――『森の生活』

惨めな人生でも、現実に向き合い、生きるべきだ。それを避けたり、悪態をつくべきではない。生きることそのものは、自分のありようほどひどくはないのだ。生活は富めるときほど貧しく映る。あら探しの好きな者は天国にだってあらを見つけるだろう。貧しくても自分の生活を愛そう。救貧院にいても、気持ちのよい、刺激のある、楽しい時間があるだろう。夕日は金持ちのお屋敷にも、救貧院の窓にもまぶしく映るだろう。春の訪れに、雪も同じようにドアの前で溶け出すだろう。穏やかな気持ちさえあれば、救貧院にいても満足し、宮殿に住んでいるように元気よく生きていけるにちがいない。――『森の生活』

思考することで、僕らは健全な意味で自分を忘れることができる。――『森の生活』

人が人生に求めているものを比較すると、二人の人間のあいだには、重要な違いが見える。一人はそこそこの成功に満足し、まっすぐ狙いを定めて必ず命中させる。もう一人は、どんなに人生に失敗し、どん底にいようとも、つねに水平より少しだけ上向きの目標を掲げている。僕はその後者でありたい。――『生き方の原則』

僕らが生きているのは、暇つぶしのためではない。この世界が爆発するのを見るために、僕はわざわざ先の曲がり角まで走るつもりはない。――『生き方の原則』

惨めに時間を過ごさず、その時その時を感謝し、日々がもたらすものを受け入れよう。その現実は、どんな地味な記録も立派なものにする。誠実で思慮深い一ページが書かれれば、まったく無駄に過ごす一日などないにちがいない。一日という潮の満《み》ち干《ひ》は、それが浜辺に砂や貝殻を残すように、これらのページに漂着物を残していく。この漂着物はどんなに小さくても、大地の栄光に寄与しているのだ。毎日のように記された現実の出来事は、魂の満ち干を知らせるカレンダーのようなものだ。ページの浜辺に、いつか波が海草にまじって真珠をうちあげるかもしれない。——『日記』一八四〇年七月六日

たとえ地の果てまで行ったとしても、それでもさらに遠くを目指す人はいるものだ。——『メインの森』

それが生であろうと死であろうと、僕らに必要なのは現実のみである。もし僕らがまさに死にかけているなら、その間際には喉からもれるあえぎ声を聞き、手足の先の冷たさを感じよう。生きているのであれば、しっかりと生きること

から始めよう。――『森の生活』

古い場所に新しくよりよい慣習を定着させるのは、たやすいことだ。――『訪問者』

僕が訪れたどの州でも、そこに住む者たちに欠落していたおもなものは、高く真摯な目的をもつということだった。――『生き方の原則』

僕にとって希望と未来は、芝生や開墾された土地、それに町や市にはなく、ぬかるんで泥深い沼地にある。――『ウォーキング』

「恐怖」ほど恐れるべきものはない。――『日記』一八五一年九月七日たった一回の穏やかな雨で、草は緑の色合いを濃くする。同じようによりよい思想が流れ込むことで、僕らの視界がひらけてくるのだ。――『森の生活』

複雑な生活習慣は、どんなに実践しても好きにはなれない。僕はできるだけ多くの場所で地に足をつけていたい。――『日記』一八五三年一〇月二二日

病人に対して医者は賢明にも転地療養を勧める。幸運なことに、今いる場所だけが世界のすべてではないのだ。――『森の生活』

扉は叩く者に対していつも開かれるとは限らない。それでも扉の節穴から時間をかけて覗き込む者には、その内側を見せてくれるのである。――『コッド岬』

偏見を捨てるのに遅すぎることはない。――『森の生活』

たとえどんなに小さくても、迷いのない忍耐強い目で見れば、克服できないほどの暗い夜など存在しない。――『コッド岬』

道徳的になりすぎるのはよくない。人生のほとんどをまきあげられるかもしれないからだ。道徳よりも高い志を持とう。ただの善人になるのではなく、目的を持った善人になれ。――「ハリソン・ブレイクへの手紙」一八四八年三月二七日

シンプル

シンプルに、シンプルに、生きよう。すべきことは百や千ではなく、二つか三つでいいのだ。――『森の生活』

シンプルな身だしなみで、暗闇でも自分を見失わないでいることが望ましい。そしていろいろな意味で無駄なく、用意周到に生活していれば、敵が町を襲ってきても、昔の哲学者のように何の心配もなく手ぶらで町を出ることができるのだ。――『森の生活』

僕は確信している。もし人がすべて僕のようにシンプルに暮らせば、盗みや強盗なんて耳にしなくなるに違いない。そういった犯罪は、必要以上に所有する人がいる一方で、十分にものをもたない人がいる社会でのみ起こるのだ。――『森の生活』

僕は信仰心と経験から確信した。この地上でわが身を養っていくことは、シンプルに賢く生きさえすれば、苦難どころかむしろ気晴らしだ。――『森の生活』

自分の生活をシンプルにするにしたがって、宇宙の法則はより身近なものになる。孤独は孤独ではなくなり、貧困は貧困ではなくなり、弱さは弱さではなくなる。もし人が空中に城を建てたとしても、その仕事を無駄にする必要はないだろう。城は空中にこそ建てるべきだ。今こそ基礎を、その下に築けばよい。――『森の生活』

シンプルであることは、花と同様、人間にとっても自然の理にかなっている。
——『日記』一八五二年二月二九日

素朴な現実こそが、探求心の強い者にとってなによりも期待に応えてくれる。
——『コッド岬』

想像力の妨げにならないような、シンプルで清潔な食事を用意することは難しい。思うに、体同様に想像力にも食事を用意しなければならない。どちらも同じ食卓を囲む必要があるのだ。——『森の生活』

粗野な人がシンプルに暮らすのは、無知と戯れているか、または怠惰によるものだ。しかし、物事を深く考える人がシンプルに生活するのは、そこで得られる知恵によるものである。

――『日記』一八五三年九月一日

自分

眠りについていようと目覚めていようと、走っていようと歩いていようと、望遠鏡や顕微鏡、あるいは自分の眼で見ていようとも、人は自分自身以外、何も見いだざず、何も超えることもなく、何も残すことはできない。――「ハリソン・ブレイクへの手紙」一八六〇年五月二〇日

僕の人生は、僕が書きたかった詩だ。でも生きて、同時にそれを表現することはできなかった。――『コンコード川とメリマック川の一週間』

どこに座ろうと、そこで僕は生活できる。風景は僕から展開してゆく。――『森

の生活』

本ではだいたい、一人称は省略されるものだ。しかし個人主義の立場から、僕はこの本に「僕」を残しておくつもりだ。この本は他の本とは違う。結局、語るのは一人称だという事実をみんな忘れてしまっている。――『森の生活』

自分自身を知ることは、振り向かずに後ろを見るのと同じくらい難しい。――『日記』一八四一年四月二七日

もしすべての国の言語を学び、すべての国の文化に精通したいなら、もし他の旅行者よりも遠くまで旅をして、あらゆる風土に親しみ、謎をといてスフィンクスを退治したいなら、古い哲学者の教えに耳を傾け、自分自身を探求せよ。

——『森の生活』

自分自身についてどう考えるかが、自分の運命を決めたり、あるいは進むべき道を示唆したりするのだ。 ——『森の生活』

僕の家には三つの椅子がある。ひとつは孤独を過ごすため、ひとつは友人との語らいのため、もうひとつは社交のためである。 ——『森の生活』

自分がどこにいるのかわからなくなって、つまり世界を見失ってはじめて、僕らは自分というものを見いだすようになる。そして自分がどこにいるのか、自分たちと世界との無限のつながりを理解するのだ。 ——『森の生活』

真実

僕らは「ある」ように見えるものを、本当に「ある」と思い込んでいる。——『森の生活』

真実を語るには、二人の人間が必要だ——語る人、そしてそれを聞く人が。——『コンコード川とメリマック川の一週間』

真実を知ることは、我を忘れるような神々しい体験、名状しがたい喜びだ。それは若者が、婚約者の乙女を抱きしめるときのようである。——「ハリソン・ブレイクへの手紙」一八五二年九月誤りや不正直のみにつきあえば、ついには真実をどう語ったらよいか忘れてしまうだろう。――『コンコード川とメリマック川の一週間』

真実は白昼、目《ま》の当たりにすることがあるように、暗闇の中、背後から僕らを照らしもする。――『日記』一八三七年十一月五日

今日だれもが真実だと口をそろえたり、黙認したりしていることが、明日には誤りとなることもある。――『森の生活』

心身が健全なときには、僕らは事実と状況をありのままに捉えている。そうあるべきことではなく、自分が言うべきことを話しなさい。真実は何であれ、見せかけよりはいいのだ。――『森の生活』

人間

僕らの本性は、言葉や行動の背後にひっそりと存在している。ちょうど花崗岩が別の地層の背後にあるように。

——『日記』一八四一年五月三日

腐敗した善から立ちのぼる臭いほどひどいものはない。

——『森の生活』

人が柔軟性を失ってしまったのは驚くに値しない。しがらみで身動きがとれなくなっていることがいかに多いか！

——『森の生活』

肉体労働をするのに十分目覚めている人々は数百万人いるが、効果的な知的努力のために十分目覚めている人は百万人に一人、詩的で神聖な生活に目覚めている人は一億人に一人しかいない。——『森の生活』

物というものは、可視光線内にあっても見えないことがある。なぜなら、それが僕らの知的領域に入ってこないからだ。つまり、僕らはそれを求めていない。大胆に言うと、僕らは、自分の求める世界だけしか見えないのだ。——『日記』

一八五七年七月二日

人の無知は役に立つだけでなく、美しいときさえある。一方で、いわゆる知識というものは、醜く役に立たないどころか、しばしば有害だ。きわめてまれだが、ある問題について何も知らないが、自分が何も知らないことを自覚している人間と、ひとつのことを知っているというだけで、何もかも知っていると思い込んでいる人間のどちらがつきあいやすいだろうか。——『ウォーキング』

それは印象的で貴重な経験だった。水深十二メートル、岸から一〇〇メートルから一五〇メートルのところで、数千ものパーチやシャイナーといった魚に囲まれたのだ。彼らは月光の中、尾ひれでさざ波を立てた。僕は亜麻の糸で神秘的な夜行性の魚と交信を図った。その魚は、水深十二メートルよりも深い場所に棲息していた。夜の穏やかな風に吹かれ、湖畔で十八メートルほどの糸を垂らしていると、糸にそってかすかな振動を感じることがある。その振動はある生命体が、糸のもう一方の先で、とくにはっきりした目的もなくうろついていて、決断がつきかねる様子をそれとなく教えていた。ようやく糸をたぐり寄せ、きーきーと鳴きながら身をよじらせる角の生えたナマズをゆっくりと釣り上げた。奇妙なことだが、特に暗い夜、人の空想が広大な宇宙の主題へとさまよい出ると、この気の弱い奇妙な生き物は、人の夢想を妨げ、人と自然を再び結びつける。——『森の生活』

命を失うのが辛いのは確かだが、いざ失ってしまうと肉体などないほうがずっと楽になるはずだ。——『コッド岬』

僕らはまず人間であり、何かに従うのはそのあとだ。——『一市民の反抗』

実をいえば、僕の知るもっとも秀でた人々ですら、曇りのない世界を構築しているわけではない。だいたいにおいて、彼らは形式に甘んじ、おべっかを使い、他の人よりも何が効力があるかを学ぶことに優れているにすぎない。——『生き方の原則』

人はどこにいっても、地が出るものだ。――「トーマス・カーライルとその作品」

ジャガイモを腐らせないようにする方法についての専門家の意見は、年ごとに変わるかもしれない。しかし人の心を腐らせないようにする方法については、学ぶことは何もなく、ただ実践あるのみだ。――「ハリソン・ブレイクへの手紙」一八五三年二月二七日

もし人が丘の真下でその生涯を送るとしたら、丘の上に立てられた灯台に意味などあるのだろうか。――『コッド岬』

熱意を失った人ほど年老いて見える。――『詩』

人の野蛮さは絶つことができない。――『日記』一八五九年九月二六日

愛につける薬は、より愛すること以外にない。――『日記』一八三九年七月二五日

若いときに、岩棚や洞窟へ続く道を見つけてわくわくした経験を憶えていない人がいるだろうか。それはずっと昔、祖先が同じようにわくわくした経験を僕らの体が受け継いでいるからだ。――『森の生活』

愛、そして尊敬こそが相対的ではなく、絶対的に偉大な人間の資質の数々を扱えるのだ。人間において尊敬すべきことはなんであれ、尽きることがなく、限界を設定できない。――「トーマス・カーライルとその作品」

すべての人間は親の子どもであり、家族の一員である。同じ「お話」が彼らを眠りへと誘い、そして朝には彼らを揺り起こす。――『コンコード川とメリマック川の一週間』

人間とは、僕の立っている場所に過ぎない。そこからの眺めははてしなく広がっている。だがそれは僕を映し出す鏡の部屋ではない。鏡の前に立つと、僕以外の誰かがそこにいる。――『日記』一八五二年四月二日

悪の小枝を切り払おうとする人は多くても、悪の根を断ち切ろうとする人は少ない。――『森の生活』

たいていの人は、家というものが何なのか考えたことがないようだ。そして実際、哀れな生活をむだに過ごしている。なぜなら彼らは、隣人が所有している

ような家を持たなければならないと思っているからだ。——『森の生活』

子どもの頃、人はガラクタを集めて月に橋を架けたり、地上に宮殿や神殿を建てようとする。そして中年になってからは、薪小屋を建てようと決めるのだ。

——『日記』一八五二年七月十四日

旅することで人が学ぶことは、又聞きの中途半端なものに過ぎず、重みがない。人々がすでに実用的に、または本能的に知っていることを科学が報告するときに、僕らは興味をもっともそそられる。というのは、科学のみが本当の人文科学であり、人間の経験を説き明かすからだ。——『森の生活』

僕は町の若者たちが、不運にも農場や家、納屋、家畜そして農具を受け継ぐことなっているのを知っている。なぜなら、受け継ぐことよりも手放すことのほうがずっと難しいからだ。――『森の生活』

求められているのは原則をもつ人間だ。その人は大勢の決定よりも、より高尚な法則を理解している。もっぱらその肉体が重宝される海軍や陸軍の兵士たちは、分別や原則をもつ人間ではない。彼らは道徳観においてはまったく人間とはいえない。――『日記』一八五四年六月九日

「吠える荒野」というが、本当に荒野が吠えるわけではない。吠えてみせるのは旅行者の想像力である。――『メインの森』

肉体は魂がつくった最初の改宗者である。人の生命は肉体という果実によって

表現された魂にすぎない。人間のすべての義務は、たった一行で表現できるだろう。それは、自分にとって完全な体をつくること。――『日記』一八四〇年六月二一日

人はよい行いや、言葉で励まされるので、いつもそれを見聞きする必要があることは憶えておくべきだろう。――『日記』一八四〇年十二月三日

この手つかずの自然との戦いは、途方もない作業だ。自然を切り開き、土をならし、麦を育てる。文明化された人間はマツの木を敵だと見なしている。マツを倒し、日にさらし、根株を掘り出し、小麦やライ麦を育てる。彼にとって、マツはカビも同然なのだ。――『日記』一八五二年二月二日

ユーモアは穏やかであればそれだけ深遠なものである。自然にでさえ、遊び心

や茶目っ気らしき側面が観察される。人がそのからかいの対象になることもあるようだ。——「トーマス・カーライルとその作品」

ユーモアを持続させるのは難しい。よく言われることだが、冗談は繰り返しに耐えられないのだ。どんなにユーモアに深みがあろうと、長続きはしない。——「トーマス・カーライルとその作品」

人々がご丁寧にも追いかけている流行は、ぜいたく者や浪費癖のある連中が仕掛けたものだ。——『森の生活』

人が住んできた場所はどこであれ、語られる物語があり、それが興味深いかどうかはその語り手や歴史家次第だ。——『日記』一八六一年三月八日

時間

たいていの人はそうしているのだろうが、もし自分の午前と午後の両方を社会に売り渡さなければならないとしたら、僕には生きている価値などなくなるだろう。――『生き方の原則』

人にとって、急がないという決断ほど有益なものはない。――『日記』一八四二年三月二二日

時間とは、僕が釣りに行く川の流れにすぎない。僕はそこで喉を潤す。そのとき、川底の砂が見えて、思ったより川が浅いことに気づいた。川面の水は流れ

去っていくが、永遠なるものは留まっている。もっと深い川の水が飲みたい。そして、その底に星々が敷き詰められた天上の川で釣りをしたい。――『森の生活』

ときどき、夏の朝、日課の水浴をすませ、日の出から昼まで日の当たる玄関に腰掛け、マツやヒッコリーやウルシの木々に囲まれ、誰にも邪魔されることのない孤独と静寂の中で空想に浸りながらすごした。鳥たちはさえずり、家の中を音もなく通り抜けた。西の窓の下に太陽が落ちるか、遠く離れた大通りから旅行者のワゴンの騒音が聞こえてきてはじめて、時間が経ったことに気づくのだった。――『森の生活』

過去の思い出は、現在の経験よりも説得力をもつ。――「ルーシー・ブラウンへの手紙」

一八四二年三月二日

どんな天気でも、昼であれ夜であれ、よりよい一瞬一瞬をすごし、その瞬間を記録することを切望してきた。過去と未来という二つの永遠が出会う現在という瞬間に、僕は立ち会おうとしたのだ。——『森の生活』

お望みとあれば金ならくれてやってもいいが、午後の時間だけはごめんこうむる。——『日記』一八五九年九月十六日

人生の歩みを深めなければと思っている。そのためには自分の個人的な時間を有効に活用しなければならない。必要以上に他人と過ごす時間はない。——『日記』一八五四年八月二日

夕食後、居眠りして三〇分もたたないうちに人は目を覚まし、顔をあげて、「何

か変わったことは」と尋ねる。あたかも他の人間が彼の見張り番をしているかのようだ。三〇分ごとに起こしてくれるよう頼む連中もいて、ほかでもなく、お礼に自分の見た夢をしゃべる連中もいる。ニュースにいたっては、一晩寝たあとでは、朝食と同様なくてはならないものとなってしまっている。――『森の生活』

一日は一年の縮図である。夜は冬、朝と夕方は春と秋、そして昼は夏である。――『森の生活』

急がず賢明であれば、偉大で価値のあるもののみが、普遍で絶対の存在であり、小さな不安や喜びは、現実の影にすぎないことに気づくだろう。――『森の生活』

結局、僕らは現在に生きることしかできない。過去を思い出すことで、片時も過ぎ去った人生を失わないでいる人が、もっとも祝福された人間だ。——『ウォーキング』

観察

重要なのは、何を見るかではなく、何が見えてくるかである。――『月』

興味深く、また重要なことだが、観察とは、主観的なものだ。客観的な観察などあり得ない。どんな階級のどんな書き手が報告したものを集めたところで、それが詩人であれ、哲学者であれ、科学者であれ、それはひとりひとりの人間の経験にすぎない。――『日記』一八五七年七月二日

カーライルは、観察とは意識的に見ることだと言った。僕はむしろ無意識に見ることだと思う。意識すればするほど見えなくなる。――『日記』一八五二年九月十三日

時間をかけて観察しなければ、本当には何も見えてはこない。

——『マサチューセッツ博物誌』

芸術

音楽の調べが遠のいていくのに気づいた。通りかかった人が歌っていたのだ。僕の存在は膨張し、果てしなく、神々しく音楽の調べと共鳴した。その瞬間、神聖な生活のための人間の可能性というものは、どんなに試みてもその限界に達することはなく、無限に広がってゆくことを悟った。一方で再び、狭く、限られた生活に目覚めなければならないことを思い出した。――『日記』一八五六年四月十九日

音楽と雑音を一緒に聞くことはできない。――『日記』一八五四年四月二七日

ある意味では、神話は最も古い歴史であり、伝記である。よくあるつくり話でも絵空事でもなく、揺るぎない、本質的な真実のみを語っている。そこには、君とか僕とか、向こうとかこっちとか、今とか昔といったものは省かれている。

——『コンコード川とメリマック川の一週間』

僕らはこの世に家族の家を建て、次に家族の墓を建てる。もっとも優れた芸術作品は、人間がこの状態から自分を自由にしようともがく姿の表現である。しかし僕らの芸術がもたらすものと言えば、低い状態に安住し、高い志を忘れることである。——『森の生活』

自分の考えで頭がいっぱいになるのは作家として致命的な欠陥だ。物事は少し離れたところから語られねばならない。——『日記』一八五一年十一月十一日僕は失望の歌を書くつもりはない。朝のオンドリのように、止まり木の上で力強く声高々と鳴き、隣人の目を覚ますことさえできればいい。――『森の生活』

僕は、特殊な植物を同定し、そのささやかな使い方について学ぶのに、いつも本の助けを借りている。しかし、植物学の本には、花や生きた植物を思い出させてくれる一文を見つけることはほとんどない。記述しようとするものを、目の前で見ているかのように書ける者はほとんどいない。――『日記』一八六〇年九月二二日

僕としては物書きひとりひとりに、彼が聞いた他人の生活ばかりではなく、自分自身の生活について、そのうち、簡潔で誠実な報告を期待したい。たとえばそれは、遠方から親族に宛てた近況のようにである。というのは、もし彼が真

摯に生きてきたとすれば、それは僕にとっては別世界に違いないからだ。——『森の生活』

むき出しの、率直な言葉で書かれた手紙が好きだ。そこには、もったいぶった言い方がほとんどない。——『日記』一八四二年三月二六日

ひとり

僕らはたいてい、部屋にいるよりも、人と交わっているときの方がずっと孤独である。――『森の生活』

僕は孤独ほど、一緒にいられる友人をほかに知らない。――『森の生活』

ひとりなら、人はいつでも出発できるが、誰かと連れだっていると、そのもうひとりの準備ができるまで待たなければならなくなり、出発までにかなりの時間を要してしまうのだ。――『森の生活』

たいていの時間をひとりで過ごすほうが、よほど健全だと僕は思った。――『森の生活』

人は考え事をしたり、働いたりしているときは、どこにいようがつねに孤独だ。――『森の生活』

孤独は人と人とをさえぎる空間の距離で測れるものではない。――『森の生活』

自分だけで何かを楽しむと、たいていその本当の楽しみから自分さえも遠ざけてしまうものだ。――『ウォーキング』

【引用文献】

◎*Walden and Other Writings*, New York: The Modern Library, 1992.
◎*Wild Fruits*, New York: W. W. Norton, 2001.
◎*Thoreau: A Week, Walden, Maine Woods, Cape Cod*, Library of America, 1989.
◎*The Selected Essays of Henry David Thoreau*, Wilder Publications, 2008.
◎*Reform Papers*. Princeton, N.J. : Princeton University Press, 1973.
◎*The Moon*. New York : AMS Press, 1985.
◎*Familiar Letters*. New York : AMS Press, 1968.
◎*Walden ; and, Resistance to Civil Government*. New York : Norton, 1992.
◎*Journal*. New York : Dover publications, 1962.

ヘンリー・デイヴィッド・ソロー略年譜

(Henry David Thoreau, 1817-1862)

1817年（0歳）
7月12日、マサチューセッツ州コンコードに4人兄弟の次男として生まれる。父ジョン・ソロー、母シンシア・ダンバー。ジャージー島出身のフランス系である祖父ジャン（のちにジョン）・ソローがアメリカへ渡ったのは、1773年。

1818年（0～1歳）
父ジョンがコンコードの北10マイルほどにあるチェルムスフォードで食料品店を開店。

1821年（3～4歳）
父の食料品店が倒産し、3月に閉店、一家でボストンへ移住。はじめてウォールデン湖を見る。

1823年（5～6歳）
ボストンからコンコードに戻り、父が鉛筆製造の仕事を始める。

1827年（9〜10歳）　最初のエッセイ「四季」を書く。

1828年（10〜11歳）　9月、兄ジョンとともにコンコード・アカデミー入学。

1833年（15〜16歳）　秋、ハーバード大学（当時のケンブリッジ大学）入学。ギリシャ、ラテンの古典に親しみ、イギリス文学を愛読。

1834年（16〜17歳）　3月、評点制度に反対する訴えに署名。秋、哲学者ラルフ・ウォルドー・エマソンがコンコードに移り住む。このころから散文を書きはじめる。

1835年（17〜18歳）　11月、教職志望の学生にかぎり、13週間の休暇を認めるという大学の規則により、教職につくことを決意。教習生となり、マサチューセッツ州カントンで教壇に立つ（〜36年春まで）。その間、ユニテリアン派の牧師オレステス・ブラウンソン宅に同居し、ドイツ語を学ぶ。

1836年（18〜19歳）　病気のため休学。その後、ニューヨークで父と鉛筆の行商をする。このころから詩を書くようになる。

1837年（19〜20歳）　夏、友人がフリント湖の岸に建てた小屋で6週間過ごす。エマソンの『自然』を愛読。大学に復帰し、大学に招かれたエマソンの講演「アメリカの学徒」を聴く。ハーバード大学を19番の成績で卒業し、卒業記念演説に参加。9月、コンコードの小学校教師になる。しかし、生徒への体罰に反対して教育委員会に抗議するが受け入れられず、わずか2週間で辞職。秋頃、エマソンの紹介で「超絶クラブ（エマソン一派の一種の理想主義を唱える人々の集まり）」の会員となる。この年、10月22日から日記をつけ始める。晩年までおよぶソローの膨大な日記は、のちの著作の素材となってゆく。

1838年（20～21歳）　4月11日、ライシーアム（Lyceum）と呼ばれる組織団体が運営するコンコードの文化協会で、「社会（Society）」と題したはじめての講演をする。6月、自宅で私塾を開き、やがてコンコード・アカデミーの建物と名称を借り受ける（～41年まで運営）。10月、ライシーアムの書記に選出され、のち管理者にも選ばれる（40年12月まで務める）。

1839年（21～22歳）　2月、兄ジョンがコンコード・アカデミー運営に加わる。エマソンとの親交が深まり、マーガレット・フラー、エイモス・ブロンソン・オルコット、ジョージ・リプリらを知る。7月20日、エレン・シュアール嬢に出会い初恋を経験。8月31日～9月13日、兄ジョンとともに自作の小舟でコンコード川からメリマック川上流への旅に出る。

1840年（22～23歳）　7月、超絶主義者（Transcendentalist）たちの機関誌「ダイアル（*The Dial*）」創刊、

処女詩とエッセイを発表する。11月、エレン・シュアールに求婚するが断られる。12月、エマソン宅で詩人ウィリアム・エレリー・チャニングを知る。

1841年（23～24歳）

兄ジョンの病気により、コンコード・アカデミー閉鎖。4月26日より、エマソン宅に寄寓する（～43年5月まで）。「ダイアル」誌の編集助手を務める。同誌に詩作品などを発表する。

1842年（24～25歳）

1月11日、兄ジョンが破傷風のため死去。7月、「ダイアル」誌に「マサチューセッツ博物誌（The Natural History of Massachusetts）」発表。

1843年（25～26歳）

2月、ライシーアムで「サー・ウォールター・ローリーについて」講演。4月、「ダイアル」誌編集にあたり、孔子とアナクレオンの訳詞を掲載。5月、エマソンの兄ウィリアム宅の家庭教師として、ニューヨークのスタテン島に赴任。ここでホーレス・グリーリに会う。11月、ライシーアムにて「ホメーロス、オシアン、チョーサーについて」講演。12月、コンコードに帰郷。「ダイアル」誌、「ボストン・ミセラニー」誌、「デモクラティック・レヴュー」誌などに作品を発表。

1844年（26～27歳）

「ダイアル」誌の1月号（最終号）にピンダロスの翻訳、エッセイ「ホメーロス、オシアン、チョーサー」を発表。夏、チャニングとハドソン川からカーツキル山への旅をする。8月1日、エマソンの奴隷制度反対の講演のため準備に奔走、聴衆を呼び集めるため教会の鐘を鳴らした。

1845年（27〜28歳）　3月末、コンコードから南方1マイル半にあるウォールデン湖畔のエマソンの土地に、丸木小屋を建てる作業に着手。5月明けに棟上げを行う。7月4日、アメリカ独立記念日に入居、自給自足のひとり暮らしを始める（〜47年9月6日まで）。3月25日、ライシーアムで「コンコード川（Concord River）」と題した講演をする。

1846年（28〜29歳）　5月、アメリカ・メキシコ戦争開戦（〜48年まで）。7月23日（24日の説もあり）午後、1840年以来、メキシコ戦争と奴隷制度に反対して人頭税の支払いを拒否していたため逮捕され、ミドルセックス郡刑務所で一晩を過ごす。8月、メインの森へ旅行。

1847年（29〜30歳）　2月、ライシーアムでウォールデンでの生活に関する講演「私自身のこと（A History of Myself）」を行う。森での生活について本を書こうと思い立つ。3〜4月、『グレアムズ・マガジン』誌に「トーマス・カーライルとその作品（Thomas Carlyle and His Works）」を発表。9月6日、2年2カ月におよんだウォールデン湖畔での生活を終える。エマソンのイギリス旅行のあいだ、エマソン邸に住む（〜48年）。15歳年長のソフィア・

フォードから求婚されるが断る。

1848年（30～31歳）

1月、ライシーアムにて「カターディン山（Ktaadn）」、「国家に対する個人の関係」の講演。『サーティンズ・ユニオン・マガジン』誌にエッセイ連載。エマソン帰国後、自宅に戻る。『ウォールデン（*Walden*）』第2稿完成。11月、ホーソンの要請によりセイラムで「ニューイングランドの学生生活」講演。

1849年（31～32歳）

ライシーアムで「白豆とウォールデン」講演。5月、『美学論集』誌の創刊号に講演「国家に対する個人の関係」を改題した「市民政府への抵抗（Resistance to Civil Government）」――のち66年に「一市民の反抗（Civil Disobedience）」と改題――を発表する。5月30日、39年の兄との船旅の紀行文『コンコード川とメリマック川の一週間（*A Week on the Concord and Merrimack Rivers*）』を自費出版。『ウォールデン』第3稿完成。6月14日、姉ヘレンが肺結核のため死去。10月、チャニングとともにコッド岬旅行。

1850年（32～33歳）

逃亡奴隷取締法が制定。1月、ライシーアムにて前年に旅した「コッド岬」について講演する。アメリカ・インディアンについての研究に着手。9月、チャニングとともに約1週間のカナダ旅行。

1851年（33〜34歳）

1月、クリントンで「コッド岬」、メドフォードで「ウォールデン」講演。4月、ライシーアムで「野生（The Wild）」講演。秋、逃亡奴隷ヘンリー・ウィリアムズをカナダへ逃がす手助けをする。

1852年（34〜35歳）

1月、ライシーアムやリンカーンで「カナダ旅行」について講演する。2〜5月、各地で「ウォールデン」講演。『ユニオン・マガジン』誌の7月号に「鉄の馬」、8月号に「詩人、農地を買う」発表。『ウォールデン』第4稿完成。

1853年（35〜36歳）

老いた父に代わり家業の鉛筆製造を一手に担う。『パトナムズ・マガジン』誌1月号より「カナダのヤンキー（A Yankee in Canada）」を連載するが、宗教観を異端視され打ち切りとなる（〜3月号まで）。メイン州の森へ2度旅行。12月、ライシーアムで「ムースヘッド湖への旅」講演。『ウォールデン』第5稿完成。さらに第6稿の改稿を続ける。

1854年（36〜37歳）

7月4日、フレイミングハムの奴隷制反対集会で「マサチューセッツ州における奴隷制度（Slavery in Massachusetts）」講演。全文が『ニューヨーク・トリビューン』紙と『リベレイター』誌に載る。8月9日、『ウォールデン　森の生活（*Walden; or, Life in the Woods*）』第7稿の決定稿をティクナー・アンド・フィールズ社から出版（初版2000部）、好評を博す。コンコードを訪れたイギリス人トマス・チャムリーと知己になる。12

月にプロヴィデンスで「何の得になる（What shall It Profit?）」の講演を行う。

1855年（37～38歳）
1月にウースター、2月にコンコードで「何の得になる」を講演。6～8月、『パトナムズ・マガジン』誌にコッド岬についてのエッセイを発表。7月、チャニングとコッド岬へ旅行。9月、ニューベッドフォードへ旅行。11月、トマス・チャムリーから友情のあかしとして東洋思想に関する英訳書44冊に加え、インド文学の研究書などを贈られる。

1856年（38～39歳）
ニューハンプシャー、ニューヨーク、ニュージャージーへ旅行する。11月、エイモス・オルコットとともにブルックリンに出かけ、詩人ウォルト・ホイットマンに初めて会う。12月、アマーストで「ウォーキング（Walking）」講演。

1857年（39～40歳）
2月、フィッチバーグとウースターで「ウォーキング」を講演する。6月、4度目のコッド岬への旅行に出発。7月、メイン州の森に赴く。冬、奴隷解放主義者のジョン・ブラウン大尉に会う。

1858年（40～41歳）
2月、ライシーアムで「メイン州の森」講演。6～8月、『アトランティック・マンスリー』誌にコッド岬やメイン州への旅行記（Chesuncook）を連載する。モナドノック山やホワイト連峰に登山。

1859年（41～42歳）

2月3日、父ジョン死去、享年71歳。2月にウースターで、3月にコンコードで、4月末にリンで「秋の色合い（Autumnal Tints）」を講演する。ジョン・ブラウン大尉が同志を率いて、ヴァージニア州ハーパーズ・フェリーの武器庫を襲撃し、10月18日に逮捕される。10月30日、コンコード公会堂で「ジョン・ブラウン大尉を弁護して（A Plea for Captain John Brown）」を講演する。12月2日、ブラウン大尉が処刑され、追悼集会で追悼文「ジョン・ブラウンの死後」を読み、詩を朗唱した。

1860年（42～43歳）

2月8日、ライシーアムで最後の講演「野生りんご（Wild Apples）」を講演する。晩春のころ、健康を害す。7月4日、体調不良のためブラウン大尉の記念集会に欠席し、記念講演「ジョン・ブラウンの最期の日々（The Last Days of John Brown）」を代読してもらう。この原稿は『リベレイター』誌の7月号にも掲載された。9月、ローウェルとライシーアムで「森林樹の遷移（The Succession of Forest Trees）」を講演（ニューヨークの『ウィークリー・トリビューン』紙掲載）。12月3日、フェア・ヘイブンの丘で吹雪の中、切り株の年輪を調べたのが原因で風邪をひく。同11日、気管支炎をおして、コネティカット州ウォーターベリーで「秋の色合い」を講演して体調を崩す。

1861年（43～44歳）

4月12日、南北戦争勃発（～65年4月9日まで）。5月11日、転地療養のためミネソタ州ミシシッピ川上流の保養地に赴く。7月9日、効果なく帰省、自宅で静養する。11月3日付けで日記が途絶える。12月、肋膜炎を併発。

1862年(44歳)

前年末より体調悪く家に閉じこもる。『アトランティック・マンスリー』誌6月号に「ウォーキング」、11月号に「野生りんご」掲載。『アトランティック・マンスリー』誌の編集長フィールズが『ウォールデン　森の生活』の復刊(第3版)を企画し、ソローの希望で副題《森の生活》を削除することで合意。5月6日午前9時、結核のため死去。享年44歳。5月9日午後3時、コンコードの第一教区教会で葬儀が行われる。弔辞はエマソン、エイモス・オルコットがソローの詩「人生は斯の如し」を朗読する。ニューベリイング・グランドの墓地に葬られたが、数年後にスリーピー・ファーロウ墓地に移される。

没後に刊行された著作

◎「生き方の原則（Life Without Principle）」１８６３年（「アトランティック・マンスリー」誌10月号）
◎『メインの森（*The Maine Woods*）』１８６４年
◎『コッド岬（*Cape Cod*）』１８６５年
◎『カナダのヤンキーおよび奴隷制に反対し社会を改革するための論文集（*Anti-Slavery and Reform Papers*）』１８６６年
◎『一市民の反抗（*Civil Disobedience*）』１８６６年
◎『森を読む（*Faith in a Seed*）』１９９３年
◎『野生の果実（*Wild Fruits*）』２０００年

略年譜参考文献

◎ソーロー『森の生活　ウォールデン』神吉三郎訳、岩波書店（岩波文庫ワイド版）、１９９１年
◎ヘンリー・D・ソロー『森の生活　ウォールデン』佐渡谷重信訳、講談社（講談社学術文庫）、１９９１年
◎ヘンリー・D・ソロー『ウォールデン』酒本雅之訳、筑摩書房（ちくま学芸文庫）、２０００年
◎H・D・ソーロウ『森の生活』神原栄一訳、荒竹出版、１９８３年

◎ウォルター・ハーディング『ヘンリー・ソローの日々』山口晃訳、日本経済評論社、
2005年

ヘンリー・デイヴィッド・ソロー著作邦訳書誌

本書誌は、*Walden*（『ウォールデン　森の生活』）とその他の作品、ソローついて書かれた主な作品に分類し、１９７５年以降に出版されたソローの著作の邦訳単行本を紹介しています。

なお、*Walden*（『ウォールデン　森の生活』）は、『森林生活』、『ウォルデン池畔にて』などの邦題で、１９１１年から53年まで水島耕一郎、古館清太郎、今井嘉雄（規清）、酒井賢、萩野樹、宮西豊逸、神吉三郎、富田彬らによる訳で出版されました。また、その他の作品については、１９２１年から57年まで訳書が刊行され、柳田泉訳『自然人の冥想』、志賀勝編訳『ソーローの言葉』、富田彬訳『市民としての反抗』、元野義勝訳『自然と人生』などがあります。

Walden

◎英和対訳学生文庫『ウォールデンの森』出水春三訳、南雲堂、１９７６年

◎『森の生活　ウォールデン』神吉三郎訳、岩波書店（岩波文庫）、１９７９年

◎『新訳・森の生活　ウォールデン』真崎義博訳、ＪＩＣＣ出版局、１９８１年
◎『森の生活』神原栄一訳、荒竹出版、１９８３年
◎『森の生活　ウォールデン』愛蔵版　真崎義博訳、ＪＩＣＣ出版局、１９８９年
◎『森の生活　ウォールデン』佐渡谷重信訳、講談社（講談社学術文庫）、１９９１年
◎『森の生活　ウォールデン』神吉三郎訳、岩波書店（岩波文庫ワイド版）、１９９１年
◎スティーブ・ロウ編『森の生活』絵本　金関寿夫訳、佑学社、１９９３年
◎『森の生活』真崎義博訳、宝島社、１９９５年
◎『森の生活（ウォールデン）』上・下　飯田実訳、岩波書店（岩波文庫）、１９９５年
◎『森の生活　ウォールデン』真崎義博訳、宝島社（宝島社文庫）、１９９８年
◎『ウォールデン』酒本雅之訳、筑摩書房（ちくま学芸文庫）、２０００年
◎『森の生活（ウォールデン）』上・下　飯田実訳、岩波書店（岩波文庫ワイド版）、２００１年
◎『森の生活　ウォールデン』新装版　真崎義博訳、宝島社（宝島社文庫）、２００２年
◎『ウォールデン　森の生活』今泉吉晴訳、小学館、２００４年
◎『森の生活』（新装版）真崎義博訳、宝島社、２００５年

その他の作品

◎『支配なき政府（ソーロウ伝）』酒本雅之訳、国土社、１９７５年

◎アメリカ古典文庫4『H・D・ソロー』……「コンコード川」「春」「野生りんご」「コッド岬」「恋愛論」「散歩」「無原則な生活」「市民の反抗」「マサチューセッツ州における奴隷制度」「ジョン・ブラウン隊長を弁護して」「ジョン・ブラウンの最期の日々」「詩篇」「日記」木村晴子・島田太郎・斎藤光訳、研究社、1977年
◎社会科学ゼミナール64『市民的抵抗の思想』山崎時彦訳、未来社、1978年
◎エリオット・ポーター選・写真『野性にこそ世界の救い』酒本雅之訳、森林書房、1982年
◎『メインの森』大出健訳、冬樹社、1988年
◎『メインの森　真の野性に向う旅』小野和人訳、金星堂、1992年
◎『コッド岬　海辺の生活』飯田実訳、工作舎、1993年
◎ダドリ・C・ラント編『ザ・リバー』真崎義博訳、宝島社、1993年
◎ロバート・ブライ編『翼ある生命　ソロー「森の生活」の世界へ』葉月陽子訳、立風書房、1993年
◎『メインの森　真の野性に向う旅』小野和人訳、講談社（講談社学術文庫）、1994年
◎『森を読む　種子の翼に乗って』伊藤韶子訳、宝島社、1995年
◎『市民の反抗　他五篇』……「市民の反抗」「ジョン・ブラウン大尉を弁護して」「歩く（ウォーキング）」「森林樹の遷移」「原則のない生活」「トマス・カーライルとその作品」飯田実訳、岩波書店（岩波文庫）、1997年

◎ブラッドレイ・P・ディーン編『野生の果実　ソロー・ニュー・ミレニアム』伊藤詔子・城戸光世訳、松柏社、2002年
◎『水によるセラピー』仙名紀訳、アサヒビール、2002年
◎『山によるセラピー』仙名紀訳、アサヒビール、2002年
◎『風景によるセラピー』仙名紀訳、アサヒビール、2002年
◎『ウォーキング』大西直樹訳、春風社、2005年
◎『一市民の反抗　良心の声に従う自由と権利』山口晃訳、文遊社、2005年
◎『生き方の原則　魂は売らない』山口晃訳、文遊社、2007年

ソローについて書かれた主な作品

◎H・S・ソルト『ヘンリー・ソローの暮らし』山口晃訳、風行社、2001年
◎W・ハーディング『ヘンリー・ソローの日々』山口晃訳、日本経済評論社、2005年
◎上岡克己・高橋勤編著『ウォールデン』ミネルヴァ書房、2006年

参考文献

◎長島良久「ヘンリー・D・ソロー著作邦訳書誌」『新たな夜明け』日本ソロー学会編、金星堂、2004年所収

あとがき

岩政伸治

何も変わりはしない、変わるのは僕らだ。——ヘンリー・デイヴィッド・ソロー

同時多発テロ、そしてアフガニスタンとイラクにおける二つの戦争は、それまでの世界情勢を一変させた。日本も戦後初めて兵力として自衛隊をイラクに派遣、国内では憲法九条の改憲が議論された——二一世紀の最初の十年は戦争とともに始まったといっても過言ではないだろう。世界的に閉塞感がただよう中、二〇〇八年「チェンジ」をスローガンにブッシュ政権を批判したバラク・オバマ氏の大統領当選にアメリカ中が沸いた。オバマが掲げた「チェンジ」に本書で紹介したソローの言動をダブらせるのは僕だけではないだろう。

「『恐怖』ほど恐れるべきものはない」。ソローはかつて日記にそう記している。二〇〇四年に映画『華氏911』で、同時多発テロ以降のアメリカの戦争に対する姿勢を痛烈に批判したマイケル・ムーア監督——彼はアメリカで銃規制が進まない現状について、近年殺人事件の数が減少しているにもかかわらず、テレビによる事件の報道率が六〇〇％上昇していることをニューズウィーク誌のインタビューで指摘、この傾向を、安全を求める国民の意識を煽る「恐怖の文化」と呼んだ。国民感情にテロへの恐怖を煽ることで二つの戦争を仕掛け、「アメリカはより安全になった」と戦争を正当化するブッシュ政権は、この「恐怖の文化」を巧みに利用したといえる。しかし、アメリカにこの「恐怖の文化」が存在する一方で、僕らはそれとは違う文化のあり方を、こんな時代だからこそ見つけることができる。

その一つは、「一市民の反抗」という文化——良心の声に耳を傾け、たった一人でも社会や国家に意見する行為である。これは奴隷解放、公民権運動やベトナム戦争、そして二一世紀の二つの戦争などにおいて、市民レベルで繰り返されてきた。もう一つは、「森の生活」という文化——社会から距離を置くことで、自分を、そして社会のあり方を自然との関係において再構築しようとする試みである。たとえばベトナム戦争時、若者たちが都市を離れ自然の中で生活することで、社会からの精神的な独立を画策した行為などがそれである。そしてその二つの文化の源流をさかのぼることで行き着くのが、ソローなのである。

ボストン近郊の町コンコードに一八一七年、ソローは生まれた。彼が活躍したのはアメリカン・ルネッサンスと呼ばれるアメリカの文化が花ひらいた時代で、ソローの交友関係には師と仰いだ思想家エマソン、『若草物語』のオルコット一家や『緋文字』を書いた作家ホーソンらがいた。名門ハーバード大学に進んだ後、思索の場を求めてコンコードにあるウォールデン湖畔に簡素な小屋を建て、一八四五年七月四日――アメリカの独立記念日――二八歳の時に、そこで生活を始めた。自然の中、思索の日々を綴った日記をまとめて出版したのが、後にアメリカ文学の古典と評されることになる『森の生活』である。また奴隷制を維持する政府に対する税金の支払い拒否とそれによる投獄体験はウォールデン湖畔滞在中の出来事であり、このときの様子をエッセイにしたのが『一市民の反抗』である。ソローにとって森に入ることは、社会から個人が自立、独立することを意味し、それゆえ「森の生活」と「一市民の反抗」という二つの文化はソローの中では共鳴している。彼はその後、講演活動と執筆を通じて自分の考えを人々に伝えた。もっとも、こうしてあまり経歴を並び立てることをソロー自身は嫌うかもしれない。人を身なりで判断することを嫌った彼にしてみれば、自分が人にどう映り、どのように評されたかはさほど重要なことではなく、むしろ自分が考え、日記に記し、本にまとめたことのみを読んでほしいと望んでいるに違いないからである。

先述の通り、ソローは奴隷制を維持し隣国の領土を侵略する「不正を働く国家」アメリカに対し税金の支払いを拒否したことで投獄された。十九世紀半ばのことで、一八六二年の奴隷解放宣言によってアフリカ系アメリカ人が奴隷から自由の身になるよりも前のことである。相手が間違っていると気がついたら、それがたとえ国家権力であっても、それに対抗するのが自分たった一人だとしても、投獄の危険を顧みず間違いを正そうとする、そんなソローの勇敢な行為が、現代のアメリカの文化として脈々と受け継がれている。この二つの文化を意識させる一例を挙げてみる。まずは「一市民の反抗」についてみてみよう。

同時多発テロ直後、テロの首謀者と目されるビン・ラディン容疑者をかくまうアフガニスタンに対して、武力を行使する権限を大統領に与えることをほぼ満場一致で採択したアメリカ議会両院において、戦争だけが解決の手段ではないとたった一人、反対意見を述べた黒人女性議員バーバラ・リー。彼女はアメリカのメディアから非国民、臆病者と激しい中傷を浴びたが信念を変えなかった。先のマイケル・ムーアはアカデミー賞の授賞式で公然とブッシュ大統領の戦争責任を追及、右翼に命を脅かされながらも、マスコミが報じないイラク戦争の現状を映画化してみせた。ソローの影響を自認するネイチャー・ライター、テリー・テンペスト・ウィリアムスは黒人女性作家アリス・ウォーカーらとイラク戦争反対を訴え、「これ以上罪のない子どもたちが殺されるのを直視できない」とホワイトハウスの前で禁止されているデモを行った。彼女らが逮捕される様子がユー・チューブに投稿され話題となったのは記憶に新しい。また、ブッシュ大統領の再選が決まった直後、テレビ局にコメントを求められたあるアメリカの男性は、疲れた様子で、しかし何か先の目標を見据えるかのような表情で、「これから家に帰って息子と『一市民の反抗』を読もうと思う」と語っていたのが印象的であった。こういった人々の活動を抜きにして、イラク戦争の是非を問い、アメリカを変えようと訴えたオバマの大統領当選は考えられないだろう。

もう一つの文化に目を向けよう。先述したように、ソローは町の喧噪から逃れてウォールデン湖畔の森に小さな小屋を建て、わざわざ独立記念日にそこに移り住んだ。自然は、社会から物理的にも、また心理的にも距離を置くための、そして自分を見つめ直すための神聖な場所であり、自然への巡礼は、自分を文明から解放する手段であった。自然は「人間の心を映し出す鏡」であり、自然に向き合うことは、己の本性と向き合うことに他ならなかった。ソローは『森の生活』で「ほとんどの人が静かなる絶望の毎日を送っている」と記している。この静かな絶望の生活に対する解毒剤として、ソローは自然、絶対の自由、そして野性を挙げている。人間中心的な文明が人間を疎外している現実を見据えながら、自然との関係において世界を再構築するソローの考え方は、一九六〇年代にベトナム戦争の閉塞感を持つ一方で、既成の考え方にとらわれず、新たな価値観を求める若者たちの圧倒的な支持を集めた。以上、この二つの文化を意識することで、ここで採りあげたソローの言葉を解読するきっかけとなれば幸いである。

この語録には、膨大なソローの著作からの引用が収録されている。ソローの言葉を選ぶに当たって、これまで海外で数多く出版されてきた語録の形をとった出版物も参考にした。また、本文中の主語に「僕」を使ったのは、若い人にも親しみやすくしたかったためである。僕は、アメリカ文学の講義でソローの作品と選りすぐった名言を取り上げてきたが、古く難解な言葉もあり、どうやって学生に伝えようかと最初は戸惑った。原文から名言を訳出しながら、学生一人一人にとって、また僕らの社会においてソローのメッセージがどういった意味を、どういった役割を持つのかを考えた。大学の講義の中で、文学を教えることの意味を根本から問い直す日々が続いていた僕自身、ソローの言葉が持つ魅力を学生の反応によって再発見し、また、授業が輝いた瞬間に何度も立ち会うことができた。思うに、僕らは言葉によってしか生きられないのであり、たった一言が人を傷つけることもあれば、人の胸を打つこともある。僕らは今一度、言葉が持つ力について再考すべき時にきているのだろう。ガンディーやキング牧師、マンデラといった偉大な指導者をはじめ、アメリカの人気ロックバンド、イーグルスのような若者たちのカウンター・カルチャーのシンボル的存在にまで多大な影響を与えたソローの言葉の魅力を、本書によって少しでも多くの読者に伝えることができれば幸いに思う。

最後になるが、本書の編集を担当してくださった文遊社の木村帆乃さんにお礼を申し上げておきたい。出版するにあたり、大変ご尽力下さり、また遅々とした執筆が完了するまで粘り強く待っていただいた。おかげで、僕自身改めてソローの魅力を再確認し、読者にそれを問いかける機会を得たのは幸いだった。ここに多大な感謝の意を表する次第である。

二〇〇九年　九月

著者略歴

ヘンリー・デイヴィッド・ソロー（Henry David Thoreau）

1817年、アメリカ・マサチューセッツ州ボストン近郊のコンコードに生まれる。詩人、作家、思想家、ナチュラリストなど多彩な顔をもつ。ハーバード大学の学生時代から、古代ギリシャ、ローマ、中世ヨーロッパの文学を深く愛し、また東洋思想にも興味をいだく。大学卒業後、『自然』の著者で超絶主義者のエマソンらと親交を結ぶ。自らの実践と観察、思索から生みだされた『森の生活』、『メインの森』、『一市民の反抗』、『生き方の原則』、『ウォーキング』など数多くの著作のほか、アメリカ先住民や考古学、民俗学、博物学、生態学への関心を深め、最晩年まで続く膨大な日記に書き記す。その著作は、自然保護運動や市民運動の先駆けとして、ガンジー、キング牧師、マンデラ、ジョン・F・ケネディ、レイチェル・カーソン、ターシャ・テューダー、アーネスト・シートン、ジョン・ミューア、ゲーリー・スナイダー、トルストイ、オルコット、フランク・ロイド・ライトなど、分野を超えたさまざまな人々に強い影響を与えた。日本でも自然保護運動や市民運動に携わる人たち、アウトドア愛好家などに信奉者が多い。1862年没。

岩政伸治（いわまさ・しんじ）

1966年生まれ。山口県出身。上智大学大学院英米文学専攻博士後期課程満期退学。白百合女子大学准教授。共著に『レイチェル・カーソン』（ミネルヴァ書房）、『9・11後のアメリカ』（鳳書房）、『英和学習基本用語辞典――アメリカ史』（アルク）などがある。専門分野は環境批評。

ソロー語録　◎二〇〇九年一〇月二五日　初版第一刷発行　◎著者＝ヘンリー・デイヴィッド・ソロー　◎編訳者＝岩政伸治　◎発行者＝山田健一　◎発行所＝株式会社文遊社　東京都文京区本郷三-二八-九　〒一一三-〇〇三三　電話＝〇三（三八一五）七七四〇　http://www.bunyu-sha.jp　◎印刷・製本＝シナノ印刷株式会社

 ISBN978-4-89257-060-5 PRINTED IN JAPAN.